LES

# AMOURS DES ANGES

POÈME EN TROIS CHANTS

IMITÉ DE L'IRLANDAIS

par Ferdinand CHIMÈNES

I

BORDEAUX

TYPOGRAPHIE PÉCHADE FILS FRÈRES

rue du Parlement-Saint-Pierre, 13

—

1862

40421

Ye

# LES

# AMOURS DES ANGES

## PROLOGUE

Dans sa naissante fleur le monde était encore,
Les étoiles d'azur ne faisaient que d'éclore
Dans leur cours radieux, et le temps, frais, vermeil,
Comptait ses premiers jours par des jours de soleil !
Au sein de la nature, animée et fleurie,
Sur les monts, les coteaux, sur la verte prairie,
Les anges, les mortels se rencontraient souvent ;
C'était quand la douleur n'existait pas ; avant
Que du péché fatal, le spectre au regard sombre,
Entre l'homme et le ciel, eut étendu son ombre.
La terre était alors plus près de l'horizon ;
Un doux printemps formait son unique saison,
Et les mortels voyaient sans crainte, sans surprise,
Des messagers divins descendus sous la brise
Des mondes rayonnants ; oh ! dans son but jaloux
Pourquoi la passion vint-elle sous ses coups
De cette aube souiller la sainteté divine
Et profaner des cœurs de céleste origine ?
Souvenir trop amer, notre perdition
Fut la femme et l'amour qui charment la raison.

Un soir de ce printemps, aux bords d'une colline
Où le soleil glissait sa clarté purpurine,
Du couchant nuancé des plus vives lueurs,
Quand son disque pâli baignait dans les senteurs,
Trois jeunes hommes beaux, erraient, parlaient ensemble,
Ils regardaient parfois, mais d'un regard qui tremble,

Où le jour repliait ses ailes dans les cieux !
Et leur sublime front révèlait bien en eux
Des habitants déchus de la céleste sphère.
Créatures, vivant au sein de la lumière
Qui joue autour de Dieu, de son trône vermeil
Ainsi que la poussière à l'éclat du soleil
Transmettant à travers le jour, la nuit ombreuse,
L'écho de sa parole et vive et lumineuse !

C'est du ciel qu'ils parlaient, mais encor plus souvent
Des Éves, lys d'hier, au regard émouvant,
Et qui de leur séjour les avaient fait descendre
De degrès en degrès, cédant, sans le comprendre,
A la douce influence et de l'air et du soir,
Et du parfum des fleurs qui berçait leur espoir ;
De la lumière à flots qui rayonnait, suave
Comme aux temps de bonheur qui fit leur âme esclave,
Dans leur égarement ils pensaient à ces jours,
Et chacun raconta sa chûte et ses amours ;
L'histoire de cette heure où troublé, sans secousse
Et semblable à l'oiseau qui fuit son nid de mousse,
Séduit et fasciné du séjour des heureux,
Contre un souris de femme il échangea les cieux !

Le premier qui parla semblait le moins céleste,
Il n'avait conservé du ciel qu'un faible reste,
Et prompt à recevoir toutes impressions,
Son regard exprimait d'ardentes passions ;
Il n'était pas de ceux que Dieu mit à son trône,
Mais jadis il avait sa place et sa couronne
Dans les cercles de flamme, étincelants, sacrés,
Qui s'étendent aux cieux sans bornes, éthérés
Près ces anges dont l'aile, au pur éclat ravie,
Ne peut plus réfléchir la lumière et la vie !

Quoique beau, glorieux, pourtant il brillait moins
Que ses deux compagnons de sa chûte témoins ;

La lumière d'Éden lui restait bien encore,
Mais ternie, altérée, au souffle qui dévore,
Ce n'était pas l'amour seul qui dans son vol prompt,
En éteignant son âme, avait flétri son front,
Une joie, à la fois plus terrestre et moins sainte,
Y marquait pour jamais sa trop profonde empreinte !

Hélas ! il soupira, comme le voyageur
Explorant des tombeaux antiques, sans frayeur,
Du passé nuageux sa mémoire fidèle
Soulevait le linceul que le temps, de son aile,
Sur son bonheur éteint avait jeté déjà,
Écoutez son récit et ce qui l'affligea !

# HISTOIRE

## DU PREMIER ANGE

A l'extrême Orient il existe une terre
Où la nature vit au sein de la lumière,
S'élance vers le seuil des cieux d'un pas jaloux
Pour adorer le jour son glorieux époux !
Un beau matin, chargé de mission mondaine,
Je planais pour choisir un abri dans la plaine,
Quand, du haut de l'espace azuré, j'aperçus
O ! vision céleste et fatale aux élus !
Une fille, parfaite, humble, demi voilée
Dans le sillon neigeux d'une source étoilée,
Et qui de ses beautés, sans dérober l'éclat,
Les faisait apparaître alors en cet état,
Avec mystère, ainsi lorsque notre âme plonge
Dans les illusions si confuses d'un songe !

Plein d'admiration, que j'aimais à la voir
Dans la source brisant le liquide miroir,
Et qui multipliait les feux du jour qui brille
Comme des diamants dont la flamme scintille !
Tandis qu'elle avançait, le front tout radieux
De l'éclat qu'elle allait projetant en ces lieux,
Je voulu voir de près un tableau si sublime !
Mais le trouble toujours qu'à l'air notre aile imprime
Et le froid du plaisir qui me gagnait déjà
Firent battre son cœur de crainte et l'effraya ;
Comme elle allait atteindre auprès du frais rivage
D'un lac où ses regards se plaisaient davantage,
En me voyant, son pas s'arrêta sur le bord ;
Tel, le givre tombé du ciel que fond d'abord
Le soleil ou qu'il teint, au couchant, d'un vif rose ;
Jamais je n'oublîrai ses beaux yeux, où repose

L'innocente surprise, et la honte à la fois
De ce brillant visage étonné par ma voix !
Lorsque élevant ses yeux elle me vit près d'elle
Dans le vague des airs où s'abaissait mon aile,
Chacun de ses pensers et de ses mouvements
Semblait comme enchaîné près de ces bords riants
Tant elle prit racine en ces lieux, immobile
Comme l'héliotrope, à la tige débile,
Qui, près du clair ruisseau, fleurit, embeaume mieux
La face ingénûment pâle et tournée aux cieux !

Par pitié pour la vierge aimée et solitaire,
Je dirigeai mon vol autre part sur la terre,
Et fuyant à regret ma douce vision,
Afin de lui cacher ma jeune passion,
S'abritant sous l'ombrage étendu de mes ailes
Frémissantes d'amour, le feu de mes prunelles
Qui, je le sentais bien, était par trop ardent
Pour tous deux, et pour elle et pour moi ; mais, avant
Que j'eusse pu la voir une minute encore,
Elle avait fui, la vierge, ainsi que fuit l'aurore !
Les feuilles, la forêt, me dérobaient ses pas,
Comme un nuage épais, noir, reçoit dans ses bras
La lune belle et pâle en sa clarté rêveuse,
De ses charmes parée et qui rend l'âme heureuse !

Le langage ne peut expliquer le pouvoir,
Le cruel despotisme et le sourd désespoir
Que cette passion exerça sur moi-même
Depuis que je la vis ; dès cet instant suprême,
Le jour, la nuit, j'errais pensif aux alentours
De la rive où trop tôt s'enfuirent mes amours !
J'oubliai, poursuivant cette chaste lumière,
Alors ma mission et la céleste sphère,
Le ciel, tout, excepté l'unique vision
Qui sut, en un moment, captiver ma raison,
Et m'était apparue en la source argentée ;

Mon âme était près d'elle heureuse et contentée,
J'y demeurai des jours entiers, jours de bonheur ;
Ravi, prêtant l'oreille à ses accents vainqueurs
Dont le charme embeaumé la suave harmonie,
Eussent aux séraphins eux-mêmes fait envie,
Alors que l'amour pur anime leurs doux chants,
Mais les siens se trouvaient encor plus séduisants.
Je contemplais ses yeux et leur flamme ingénue
Où brillait un ciel pur, exempt pour moi de nue,
Et que reflète l'onde en ses mille replis ;
Que m'importait la joie au sein du paradis
Si je ne pouvais pas et l'entendre et la suivre,
Cette Ève aux longs regards qui seuls m'eussent fait vivre !
Quoique l'air d'ici-bas ne soit point azuré,
Par son souffle angélique il était épuré ;
Quoique fussent les fleurs sans couleur auprès d'elle,
Et les cieux sans éclat et l'étoile moins belle,
Dès qu'elle apparaissait, sublime vision !
L'amour les colorait d'un magique rayon,
Leur prêtait aussitôt sa plus douce lumière ;
En la création, dans le ciel, sur la terre,
Il n'était pour mon cœur que deux mondes : le lieu
Où vivait ma *Léa* sous le firmament bleu
Et l'immense désert pour moi sans son sourire !

Mais superflus étaient mes vœux et mon délire !
Pour avoir un regard terrestre de ses yeux,
Oh ! oui, j'eusse arraché mes ailes, et joyeux
J'en eusse... au vent, jeté les débris ; chaque plume
Dans ce feu dévorant, à la mobile écume,
Que l'on ne nomme point aux cieux ; mais, vain espoir !
Son regard restait pur, calme comme le soir,
Comme le lys de neige et qui luit davantage
Sous les rayons de feu du Midi qui ravage ;
Elle m'aimait pourtant, mais d'un amour sans nom.
Certes ce n'était point comme mortel, oh ! non,
Il ne se trouvait rien de terrestre en sa flamme ;

Elle me chérissait dans le fond de son âme
Comme un être de race divine, habitant
Du séjour radieux qu'elle avait vu souvent
Dans ses songes du ciel vers lequel ses prières
Montaient dès que l'aurore entr'ouvrait ses paupières
Dont elle contemplait les étoiles, le soir,
En demandant à Dieu des ailes, pour s'asseoir,
s'élancer de la terre obscure et ténébreuse
Vers cette région et libre et glorieuse !

Il m'en souvient, un soir assise à mon côté
A la rose lueur qui baignait sa beauté,
Tournant ses longs regards vers une étoile blanche,
De même qu'une jeune épouse qui se penche
Sur le bord de son lit nuptial, l'œil brillant,
A cette heure de trouble et de recueillement;
Oh! dit-elle, pourquoi le destin et son voile
M'a-t-il pas fait *esprit* de cette belle étoile
Habitant de sa sphère à l'éclat immortel,
Et pure, ainsi que tout ce qui rayonne au ciel?
Sans avoir d'autre emploi que briller en prière,
Allumer l'encensoir à l'astre de lumière,
Et de lancer ses feux, les parfums les plus doux,
Vers l'autel du Très-Haut qu'on adore à genoux !

Oui, telle était la vierge, humble, innocente et pure
De toute passion et de toute souillure,
Que mon crime ou plutôt un aveugle destin
Me fit aimer jadis d'un amour trop humain,
D'une flamme à la fois fangeuse et téméraire;
Et dont n'approchent point tous les feux de la terre !

Oh! si vous eussiez vû son magique regard,
Quand d'un premier aveu, troublé, je lui fis part,
Alors qu'il eût quitté mes lèvres délirantes,
Quand l'air eût répété ses notes expirantes;
Pourtant ce n'était pas de la colère, oh! non,

Elle était seulement dans un état sans nom,
Point irritée, enfin, mais triste dans le monde;
C'était une douleur calme autant que profonde,
Un deuil ne permettant point de larmes au cœur
Tant l'emplit l'amertume, et, liquide vainqueur
S'y concentre et s'y glace en son effet unique;
Penser que moi, de race azurée, angélique,
Dont elle avait chéri l'amour comme un lien
Qui rattachait son âme au ciel le plus doux bien,
J'étais tombé sans frein des hauteurs de la gloire,
Dans la plus grande faute au sein de la nuit noire,
Dans le péché qui souille et m'a flétri ce jour,
Le seul par qui soit l'âme éteinte sans retour!
Oh! mon Dieu, penser qu'elle, être humain et fragile
Comme le faible oiseau sur la vague mobile,
Cherchait une sublime et sainte région,
Tandis que j'exilais mon âme et ma raison
Moi, créature née aux palais d'azur même!
La rencontrant un jour dans ma chûte suprême,
Mon exil du bonheur, du repos sur ce sol,
Je lui faisait, épris, jaloux, tourner son vol
Ici-bas de nouveau, sans remord, téméraire,
Au sein des voluptés fangeuses de la terre
Pour y boire avec moi dès ce jour et finir
La coupe du péché toute entière et mourir!

J'étais impatient du feu qui me dévore,
Mon temps était fini; soudain qu'un météore
Vint briller aux regards, sous le ciel en ce lieu,
Les célestes gardiens qui veillent près de Dieu,
Du messager tardif croyaient entrevoir l'aile
S'en revenir vers eux, toujours pure et fidèle;
Ma lèvre avec amour s'entr'ouvrit bien souvent
Pour prononcer le *mot sacré,* ce mot puissant
Qui sert aux envoyés des cieux lorsque vient l'heure
De quitter sans retard la terrestre demeure
Pour regagner l'azur en un vol élevé;

Une fois même il fut si près d'être achevé
Que mon aile déjà par son secret surprise,
Déployée en rayons dans les airs, indécise,
Commençait à frémir, mais, que je fus déçu !
Mon cœur faillit ; soudain le charme fut rompu,
Sur ma lèvre expira la divine parole
En murmures confus qu'emporta loin Éole ;
Mes ailes s'agitant aux accents de ma voix
Retombèrent sans force et sans vie à la fois !

Comment aurais-je pû quitter une patrie
Qu'elle me rendait chère, oh ! bien plus que la vie,
Cent fois plus que la gloire et l'éternel bonheur !
Comment fuir ? s'il était encore une lueur,
Une chance, un espoir pour moi, de périr même,
Sous ce fatal regard et sa beauté suprême ;
Qu'importait où j'errais sans guide, en quels lieux ?
Pourvu que la lumière éclatat de ses yeux,
Que son sourire fut près de moi, dans l'espace,
Et qu'elle y respirat sous la brise qui passe ;
Plus douce était la mort près d'elle et la douleur,
Que sans elle, les cieux et l'éternel bonheur !

Dans quels égarements le délire nous jette ;
On célébrait ce jour une brillante fête
A laquelle accourait en foule avec plaisir,
Comme les fleurs jouant sous l'aile du zéphir ;
De la terre où je suis la jeunesse joyeuse
Venant de toutes parts ; *elle*, reine et rêveuse,
Près des jeunes beautés on la voyait aussi,
Quoique son front, modeste encor, fut obscurci
D'un nuage, par moi, voilé d'une âme prompte,
Le premier de regret, de douleur et de honte
Qui de son frais visage eût sans détour ôté
La neige printanière et terni sa beauté.
Mon cœur fut bientôt pris d'une fièvre brûlante
Excité dans mes sens par la fête bruyante,

Je me livrai sans frein, cherchant aussi ma part
De l'élan frénétique et de gaîté sans fard ;
De cette joie enfin qui peut charmer d'avance
Ceux qui n'ont point connu que l'excès de souffrance
En rires convulsifs, bien des fois, se fait jour ;
Tristes semblants de joie et de vie, et d'amour,
Conflit intérieur des passions mortelles,
Éclairs furtifs, pareils aux vives étincelles
Qui jaillissent du choc des glaives aux combats ;
Alors l'impur breuvage ennivrant d'ici-bas,
A la fois doux poison consolateur des hommes,
Cette liqueur perfide, évoquant les fantômes
De joie et de plaisir, du bonheur du mortel
Dont les gouttes, ainsi que le fait l'arc-en-ciel,
Vont dorant les brouillards, illuminent la terre,
Réfléchissent l'éclat de la céleste sphère
Dans leurs globules purs ; si mon cœur le chercha,
Le calice de fiel trop entier épencha,
Pour la première fois, sa liqueur ténébreuse
Sur ma lèvre, éclipsant tout, dans mon âme heureuse,
Ce qui restait du ciel ; les seules passions
La remplirent entière alors d'illusions,
De désirs, de pensers mauvais que l'on rumine,
Loin des rayons vivants de la clarté divine ;
Comme ces feux rampants, livides, sur le sol,
Quand le jour disparait en son rapide vol !
Écoutez : le banquet terminé sans nuage,
Je m'en fus aussitôt où, sous le vert bocage,
Nous nous réunissions pour nos tendres propos,
Dès le soir, quand le monde entrait dans le repos ;
A cette heure de calme et de clarté si douce,
Que je la trouvais belle, oh ! quel sort nous pousse !
Comme l'homme, oh ! pourquoi l'ange avec désespoir
A-t-il le privilège, aussi fatal, de voir,
Et pourquoi n'est-il pas dans les cieux, pour notre âme,
Une fleur aussi belle à cueillir que la femme !

Son front semblait encor plein d'extase, et levé
Vers l'étoile, doux bien que son cœur a rêvé,
Dont la flamme brillait au loin moins nuageuse,
Tant qu'elle, en la fixant, venait plus radieuse,
Comme si cet astre eût été, par son contact,
L'urne où ses yeux puisaient tout leur humide éclat !

Que cette scène avait d'attraits ! comment l'écrire ?
Ce pouvoir si puissant, et qui, si le délire
N'eût égaré mes sens de son voile de mort,
En moi, des passions, eût calmé le transport,
Comme si j'eusse été près de Dieu, de son trône,
Portant encore au front la divine couronne,
L'âme de flamme même et les lèvres en feu ;
Par mes ardents soupirs je restai dans ce lieu
Immobile, à la fois de respect et de honte ;
Le souvenir d'Éden, pensée infuse et prompte,
En moi se réveilla dès que je vis ses yeux ;
Chacun de mes regards, en se fixant sur eux,
Prouvait trop à la vierge ingénue et si belle,
Tremblante, que l'amour dont je brûlais pour elle,
Du sien n'était pas digne et d'un autel si pur !
Cependant elle dût le voir sous mon azur,
Il m'est doux de le croire, aussi quelle tendresse
Sincère dans mon cœur, sentie avec ivresse ;
Quel hommage profond de crainte et de respect !
Aux sentiers d'ici—bas, fangeux, sombres d'aspect,
Un ange lui rendait, quoique simple mortelle ;
Mais que son pur amour, si chaste et si fidèle,
Élevait par la foi bien au—dessus de lui !
Les élans, les efforts de cet *esprit* enfui,
Afin de réprimer et d'éteindre sa flamme,
L'excès de mon délire et qui troublait mon âme,
Alors que d'une voix marquant les passions
Qui remplissait mes traits de mille émotions,
Et le mélancolique état de sa puissance,
De sa puissance enfin, sombre, profonde, immense,

Je lui dis : « Le faut-il, retournerais-je aux cieux
Sans être aimé de toi, ni pleuré par tes yeux !
Sans qu'un gage chéri de ta main me console
Dans ce ciel solitaire où luit mon auréole !...
Oh ! rien qu'un seul regard ! un seul, ainsi que ceux
Que les jeunes amants vont échangeant entre eux
Au moment d'un départ... oui, surpasserait même
Tout ce que peut le ciel, en son éclat suprême,
Nous offrir de bonheur et de divins appas !
Que ta tête, un instant, se penche sur mon bras,
Et que tes yeux, si doux, me voient une minute,
Se fixent sur les miens sans terreur dans ma chûte ;
Que tes lèvres sans crainte, aimantes à ma voix
Rencontrent seulement mes lèvres une fois !
Tressaillantes d'amour, où, si c'est trop, apporte
Près de moi leur parfum béni... mais, de la sorte,
Pourquoi trembler?.. un mot !.. un seul mot ! un regard !
Et je m'envole ! vois, pitié ! vois mon départ,
Mes ailes ont frémi, dans l'air elles s'agitent
Pour remonter là-haut où les regards nous quittent ;
Mais que ta joue avant touche la mienne, oh ! fleur !
On nous pardonnera ce court instant d'erreur
Et je prononcerai la parole sublime
Qui conduit notre vol aux cieux, du noir abîme ! »

Tandis que je parlais, la vierge, en son émoi,
L'air craintif s'effrayait d'elle-même et de moi,
Reculait frissonnant ; telle une fleur se roule
Devant le souffle ardent du Midi sous la houle,
Mais quand je prononçai pour reprendre mon sort,
Il m'en souvient, hélas ! bien qu'égaré d'abord,
Afin de revoler vers la nue éthérée.
Dès que je prononçai la parole sacrée,
Son front, ses yeux, sur moi, brillèrent de nouveau,
Son ardeur la trahit dans un éclat plus beau ;
Soudain : le *mot sacré !* le *mot sacré !* dit-elle,
Oh ! qu'il revienne encor sur ta lèvre fidèle,

Redis-le pour mon cœur et je te bénirai !
Enflammé, plein de trouble, éperdu, j'imprimai
Sur son front un baiser de feu, plein de moi-même :
Alors je répétai la parole suprême,
Par qui tout le bonheur du ciel nous est rendu,
Que jamais, non jamais, n'avait point entendu
Aucun être formé du limon de la terre.
Mais à peine fut-il prononcé, téméraire !
Que ses lèvres, écho rapide en leur dessein,
Sur ma lèvre aussitôt prirent le son Divin,
Et ses mains et ses yeux se tournant vers la nue,
Elle redit trois fois la parole connue
Au firmament, de l'air de triomphe que prend
La foi, lorsque de crainte aucun nuage errant,
Ou de doute, vapeurs de ce séjour de larmes,
Entre elle et puis son Dieu ne voile point les charmes.
A ce moment sacré, son front fut radieux,
Devint splendide et pur comme l'azur des cieux,
Et je vis, caressant ses épaules d'albatre,
Deux ailes aux couleurs bien plus vives que l'âtre !
Comme celles de loin dont l'éclat immortel
Rayonne autour du trône en feu de l'Éternel ;
Tandis qu'elle fuyait, ses ailes, dans la brume,
Étincelaient, ainsi que des flocons d'écume,
D'une lumière aux yeux dont en elle, soudain,
J'ai bientôt reconnu la lumière d'Éden
Jetant de vifs éclairs à travers son plumage !
Sublime vision ! jamais depuis, je gage,
Le jour où Lucifer, dans sa chûte, entraîna
Des astres par milliers, non, depuis ce jour là,
Rien d'aussi radieux ne s'était, à leur place,
Revêtu de beauté terrestre dans l'espace
Pour combler près de Dieu, ce vide avec amour,
De lumière et de gloire au céleste séjour !

Pouvais-je voir ainsi sa fuite aérienne ?
Oh ! non, je proclamai, sous ma brûlante haleine,

La parole puissante et qui pouvait ce soir
(C'eût été trop pour moi de bonheur et d'espoir),
Nous réunir au ciel, mon âme avec son âme;
Oui, je recommençai de nouveau ma réclame
Et je redis trois fois mon invocation.
Je priai, je pleurai, mais, vaine intention !
Le charme n'avait plus de pouvoir pour moi-même,
Une chaîne semblait, en mon élan suprême,
Sous son poids retenir, déjouer mes efforts ;
Mes ailes, sans vigueur, demeurèrent alors :
Comme elles l'ont toujours été depuis cette heure,
Comme elles le seront sur la froide demeure
A jamais, pour avoir terni ma mission
Et profané mon cœur ; mon Dieu !.. mon Dieu !.. pardon !
Ce fut vers cette étoile adorée et lointaine
Que je vis diriger son vol de cette plaine
Dans les airs lumineux, vers l'île, se voyant
Au milieu de l'azur, dans le bleu firmament,
Et que son âme avait si souvent visitée
En ses rêves d'amour, qui devait, habitée,
Être à présent lieu pur, digne de sa candeur,
Son glorieux séjour d'éclat et de bonheur.

Une fois !... mais était-ce une erreur mensongère ?
A moitié de son vol vers cette belle sphère,
Dans son nouvel éclat pensant être oublié,
Je crus lui voir jeter un regard de pitié
Sur celui qui gémit ici, dans les ténèbres,
Éperdu dans la fange et les ombres funèbres,
Que peut-être elle plaint de savoir malheureux
Si quelque vain regret peut habiter les cieux ;
Dont elle pense au sort, et de lui se rappelle,
En regardant ce monde obscur, fui par son aile ;
Mais bientôt s'éclipsa la douce vision :
Je la vis s'affaiblir au sein de l'horizon
Jusqu'à ce qu'elle fut comme un point dont la vue
Ne peut apprécier le contour dans la nue,

Et ces taches au ciel, gouttes, rayons vermeil
Les derniers échappés de l'urne du soleil.
Tant qu'elle s'élançait radieuse et plus belle,
Afin d'atteindre au loin son étoile immortelle,
Quand mes yeux fatigués eurent saisi dans l'air,
De son aile, un rayon à mon âme si cher,
La lumière du ciel, pure et de l'amour même
S'éteignirent en moi dans leur souffle suprême ;
J'oubliai ma céleste origine, au mal prompt
Je profanai mon âme et dégradai mon front,
Je savourai la joie alors la plus grossière,
Et je devins depuis ce que je suis sur terre !

L'ange déchu pencha sa tête avec douleur,
De honte qui seule eût révélé la hauteur
Dont il était tombé sous la flamme céleste,
Animant son visage encor d'un divin reste ;
Sainte honte, apprenant à l'esprit confondu
Le pur honneur que l'âme a sans retour perdu ;
Dont la rougeur anime encor notre visage
Lorsqu'à fui la vertu pour marquer son passage ;
Tant que de son récit le charme l'exaltait,
Son regard à mesure au firmament montait
Vers l'étoile sans tâche, heureuse et sans égale,
Qu'elle habitait avec sa candeur virginale ;
Il l'admira d'amour une minute, et puis,
Comme si la douleur mortelle, en ses ennuis,
Émanée en rayons eût de cette lumière
Atteint son cœur ou bien son âme la première,
Il frémit de regrets dans ses vœux superflus
Gémit, baissa la tête et ne la leva plus.

FIN DE L'HISTOIRE DU PREMIER ANGE

Bordeaux. — Typ. PECHADE Fils Frères.

# DU MÊME AUTEUR

## EN VENTE :

La Lyre d'Aquitaine.

Chants Nationaux.

La France est Là (Hymne à Garibaldi).

———

## SOUS PRESSE :

Histoire du second et du troisième Ange.

Lalla Rook (Poésie).

Philosophie de la Médecine.

De la Justice préventive et distributive ( Détails sur les Prisons
  cellulaires ).

www.ingramcontent.com/pod-product-compliance
Lightning Source LLC
Chambersburg PA
CBHW061742180626
46818CB00006B/2712